Ludwig Wille

Goethe's Werther und seine Zeit: Eine psychiatrisch-litterarische Studie

Antigonos

Ludwig Wille

Goethe's Werther und seine Zeit: Eine psychiatrisch-litterarische Studie

Unveränderter Nachdruck der Originalausgabe von 1877.

1. Auflage 2024 | ISBN: 978-3-38630-084-1

Antigonos Verlag ist ein Imprint der Outlook Verlagsgesellschaft mbH.

Verlag: Outlook Verlag GmbH, Zeilweg 44, 60439 Frankfurt, Deutschland info@outlook-verlag.de
Vertretungsberechtigt: E. Roepke, Zeilweg 44, 60439 Frankfurt, Deutschland
Druck: Libri Plureos GmbH, Friedensallee 273, 22763 Hamburg, Deutschland

Goethe's Werther und seine Zeit.

Eine psychiatrisch-litterarische Studie

von

Dr. Ludw. Wille,

Professor der Psychiatrie an der Universität Basel.

BASEL.
Schweighauserische Verlagsbuchhandlung.
(Hugo Richter.)
1877.

Schweighauserische Buchdruckerei.

Nach dem dreissigjährigen Kriege war eine entsetzliche
Zeit über Deutschland hereingebrochen. In allen Beziehungen des Lebens herrschte ein völliges Darniederliegen aller
Kräfte, ja es fehlte selbst an Versuchen, sich aus dieser
traurigen Lage herauszuarbeiten. Es waren in Kürze Zustände, wie sie nur aus der tiefsten Erschöpfung erklär-
lich sind.

Materielle und gemüthliche Einflüsse der traurigsten
Art, wie Elend, Hunger und Krankheiten, Angst, Sorge
und Verzweiflung hatten allmälig das deutsche Volk in einen
Zustand von geistiger und körperlicher Schwäche gebracht,
dass eine Erholung davon kaum mehr möglich erschien.
Sie erschien um so weniger möglich, als die Mächte des
Auslands mit den grossen und kleinen Gewalthabern im
deutschen Reiche selbst sich nach Kräften bemühten, diesen
Schwächezustand zu einem dauernden zu machen, um ihn
für ihre Zwecke auszunützen.

Während in den stammverwandten Nachbarländern die
Völker aus ureigener Kraft mächtige Staaten bildeten und
der seiner Kraft bewusste Volksgeist in herrlichen Schöpfungen sich zu idealen Höhen schwang, liess sich das franzö-
sische Volk von intelligenten und energischen Beherrschern
zu politischem und geistigem Ruhme führen!

In Deutschland aber kam das Volk allmälig soweit her-
unter, dass es das Traurige seiner Lage gar nicht mehr fühlte
und sich seiner Würde, in rein menschlicher, wie in poli-

tischer Beziehung, ganz entledigte. Es war eine gedanken- und willenlose Heerde von Sclaven geworden! Hienieden schien ihm kein Heil mehr leuchten zu können. Wo sich überhaupt noch geistige Regungen einstellten, richteten sie sich nach Oben, nach dem Jenseits. In religiösen Gesängen und geistlichen Liedern suchten sich die gedrückten und geängstigten Gemüther des Volkes Erleichterung zu verschaffen.

Als allmälig im Verlaufe der Zeit der deutsche Volksgeist von seiner Versunkenheit sich zu erholen begann, als nach und nach geistiges Leben, angeregt von den geistigen Schöpfungen der übrigen Völker, sich wieder regte, waren die Leistungen ebenso sehr dem Inhalte als der Form nach gleich arm. Das Leben des zerrissenen, geknechteten Volkes war selbst so kleinlich, so träurig, so unbedeutend, dass es wohl nicht anders sein konnte. Wie konnte ein Volk beim Mangel jedes nationalen Bewusstseins, bei der Unmöglichkeit jeder freieren Geltendmachung seiner individuellen Kräfte, ja selbst bei der Unklarheit seiner Anschauungen hinsichtlich seiner Menschenwürde und Menschenrechte grosse Gedanken erzeugen, hehre Gestalten schaffen, kühne Formen bilden? Die Erzeugnisse seines Geistes konnten kaum andere sein als harmlose, kleinliche Spielereien, unbedeutende gemüthliche Ergüsse, denen die Freude an der Natur, die Regungen der Sinnlichkeit und der Freundschaft unbedeutenden Inhalt gaben.

In diese gemüths- und geistesarme Zeit, in diesen Dämmerungszustand des deutschen Geistes, drangen endlich von aussen belebende und erhellende Elemente. Die Blitze, die von englischen und französischen Geistern hinausgeschleudert wurden in die Völker, sie waren mächtig genug, auch den Wolkenschleier zu zerreissen, der über und in

den deutschen Köpfen herrschte. Nicht dass sie einen hellen
Tag schaffen konnten, aber sie gaben den Anstoss zur
Belebung und Erweckung der schlummernden Kräfte. Die
erwachenden Geister rüttelten an ihren Banden; mit ge-
waltiger Kraft suchten sie sich zum Wachsein, zur Klarheit zu erheben. Wie im Jünglinge ungeahnte gemüthliche
Kräfte sich geltend machen und in mächtigen Schwingun-
gen und Bewegungen dessen Geistesleben durchdringen und
gestalten, in gleicher Kraft und Fülle, in gleicher mäch-
tiger Bewegung suchte der deutsche Volksgeist zur Erlösung
und Freiheit aus den lange hemmenden Fesseln sich durch-
zuringen. Doch wie des Jünglings Thaten ungestüm, un-
klar, unreif, ausgezeichnet mehr durch rohe Kraft als durch
klaren Inhalt sich geltend machen, ebenso trugen auch die
Früchte und Erzeugnisse des erwachenden deutschen Volks-
geistes mit wenigen Ausnahmen diesen Stempel der Unreif-
heit, Unklarheit bei übersprudelnder Kraftfülle an sich.
Man darf sagen, dass alle seine Werke einen pathologischen
Charakter an sich tragen, in irgend einer Beziehung eine
ungesunde Natur erkennen lassen. In diese Zeit gehört
seiner Entstehung nach ein Werk, das uns näher beschäf-
tigen soll, nämlich Göthe's „Werthers Leiden."

Wer kennt sie nicht die Geschichte dieses unglücklich
liebenden und unglückselig endenden Jünglings? Wenn ich
mir dennoch erlaube, Ihnen dieselbe in kurzen Zügen vorzu-
tragen, bin ich allein von der Absicht geleitet, nach psy-
chiatrischen Grundsätzen die Anlage und Entwickelung
unseres Helden im Zusammenhange zu schildern.

Der Dichter führt uns in einem Romane in Briefform
einen jungen Mann vor, der soeben ein Mädchen verlassen hat,
dessen Liebe er zuvor erweckt hatte. Die Erinnerung an
seine Schuld ist ihm unangenehm, erweckt ihm innere Un-

ruhe, die er im Genusse einer schönen Natur und der Einsamkeit heilen will. Der Dichter hat den Beginn des Romans in den schönen Monat Mai verlegt. Den Ort, wohin
sich der Held des Romans begeben hat, nennt er Wahlheim.
Der Jüngling, unser Werther, gibt sich schon bald als
einen mehr als sonderbaren Schwärmer zu erkennen. Er
ist lauter Empfindung und das Schwelgen darin ist ihm
absolutes Bedürfniss. Die Betrachtung der Gräser, der
Mücken, Würmer und anderer Naturgegenstände steigert
seine Empfindung zur Entzückung, entlockt ihm Wonne-
und Freudethränen und lässt ihn den Gedanken bald ver-
gessen, dass er ein Menschenherz wenn nicht gebrochen,
doch schändlich betrogen hat. Er will nur empfinden; schon
der Gedanke an ernste Arbeit erweckt ihm Grauen und lässt
ihn in eine Jeremiade ausbrechen über die Menschen, die
so unglücklich organisirt sind, in steter, redlicher Arbeit
die Bestimmung des Menschen zu suchen. Ja selbst vor
Büchern hat er Scheu, er will nur seinen Homer. Kommen
ihm je einmal Gedanken an seine unbenützten Gaben, an
seine verbummelte Zeit, an die eigentliche Aufgabe des
Menschen, so werden sie leicht wegphilosophirt mit dem
Satze, dass die Befriedigung des eigenen Herzens die Haupt-
aufgabe des Menschen ist. Doch ein solches Herz steigert
sich immer mehr in seinen Anforderungen, es ist sich selbst
nicht lange genug, es bedarf auch anderer Herzen zu seiner
Befriedigung. Das Spielen mit den Empfindungen anderer
ist ihm so sehr Bedürfniss, wie das mit den eigenen. Wer
solche Empfindungen ihm nicht entgegenbringt, ist kalt,
herzlos, ungeniessbar, kein Mensch; wer es aber thut, wird
rücksichtslos ausgebeutet in seinen theuersten Gefühlen und,
wenn ihr Genuss durch den Mangel der Frische und Neu-
heit kein Genuss mehr ist, herzlos verlassen. Genuss ist

das <u>Ziel des Strebens</u>. Nach sechswöchentlichem Aufenthalte in dem geschilderten Paradiese genügt der Genuss an Laub und Kraut, an Thieren und Blumen, an kleinen Kindern und harmlosen Menschen nicht mehr. Wie konnte es anders sein, als dass der Anblick eines in körperlicher und geistiger Beziehung nicht ganz gewöhnlichen weiblichen Wesens sogleich die Seele unseres Helden in Feuer und Flammen setzt. Obwohl er erfährt, dass das Mädchen die Verlobte eines Andern ist, obwohl er nie dulden würde, dass sein Mädchen mit einem Andern walzte, walzt er sich doch selbst in einen Strom von Entzückung hinein. Ein einziger Besuch bei Lotten, so heisst das Mädchen, und seit der Zeit können Sonne, Mond und Sterne ruhig ihre Wirthschaft treiben; er weiss weder, dass Tag noch dass Nacht ist, und die ganze Welt verliert sich um ihn her.

Doch das Mädchen bei aller Theilnahme und Freundschaft für den jungen Mann hält sich immer in der, der Verlobten eines Andern würdigen Rolle. Trotzdem, wie oft auch getäuscht, glaubt er daraus für sich das Bekenntniss der Liebe lesen zu dürfen. Bei allem Mangel an Bescheidenheit steigen ihm aber doch wieder Zweifel darüber auf. Sein erregtes Gemüth wird noch mehr in Unruhe versetzt. Schon jetzt machen sich vorübergehend Stimmungen geltend, „wo er sich eine Kugel vor den Kopf schiessen möchte."

Etwa um Mitte Juli fiel Werther ein, dass seine geistige Energie unter diesen Verhältnissen immer grösseren Schaden leide, dass er mehr und mehr in einen unklaren, träumerischen, zu jeder Handlung unfähigen Zustand versinke. Mahnungen zur Thätigkeit, zur Aufraffung von Seiten seiner Mutter, seiner Freunde gehen spurlos an ihm vorüber.

Noch schlimmer wird der Zustand, als einige Tage

später der Bräutigam im Hause der Braut eintraf. Die Aufregung bei Werther wird jetzt zeitweilig der Art, dass sein Benehmen und sein Gerede ihm und seiner Umgebung närrisch vorkommen. Ohne Zweifel trug zu dieser Verschlimmerung des Zustands Werthers die Ueberzeugung bei, dass der solide, klare, ruhige Charakter Alberts, des Bräutigams seiner Geliebten, demselben Eigenschaften verleihe, gegen die er nicht aufkommen könne. Er vermeidet daher auch nach Möglichkeit dessen Gegenwart und treibt sich dafür lieber allein in Flur und Wald umher. Die Gedanken an Selbstmord drängen sich immer stärker und häufiger auf, dabei aber auch das Gefühl seiner Schwäche, diese befreiende That auszuführen. Volle Klarheit über die Beschaffenheit seines Innern zu dieser Zeit gibt das Gespräch zwischen ihm und Albert über die Erlaubtheit oder Unberechtigung des Selbstmords. Die Leidenschaft für Lotten hat jetzt den höchsten Grad erreicht. Werther ist sich aber doch soviel noch klar, dass, um ein Unglück irgend einer Art zu vermeiden, kein anderer Ausweg für ihn möglich ist, als Entfernung von Wahlheim. Schon längst haben ihm seine Freunde dasselbe gerathen. Um Mitte September lässt ihn ein glücklicher Augenblick alle seine Kraft zusammennehmen, diesen Entschluss auszuführen. Damit schliesst der erste Theil des Romans.

Im Anfange des zweiten Theils finden wir unseren Helden in leidlicher Stimmung in einer entfernten Stadt. Er ist sehr thätig, arbeitet mit viel Geschick und Leichtigkeit und freut sich dessen. Immerhin macht ihm sein melancholisch reizbares, unruhiges Gemüth noch viel zu schaffen, was er jedoch vorzugsweise auf die Unleidlichkeit der ihn umgebenden geschäftlichen und gesellschaftlichen

Verhältnisse schiebt. Fast konnten neue zarte Gefühle in ihm aufkeimen!

Wenn auch noch oft genug aufgeregte Stunden sich seiner bemächtigen, seine überreizte Empfindlichkeit und Selbstüberschätzung ihm sein Dasein unerträglich zu machen scheinen, ist er doch dem Troste, der vernünftigen Einwirkung zugänglich. Doch als Ende Februar die Nachricht von Lottens Verheirathung mit Albert ihn traf, war's mit der innern Ruhe, Ueberlegung und Selbstbeherrschung zu Ende. Das Hinzutreten eines allerdings unangenehmen, aber an sich immerhin unbedeutenden Zwischenfalls war im Stande, Werther in seine alte Aufregung zurück zu versetzen und ihn für ein thätiges, geregeltes Leben unfähig zu machen. Er verlässt Amt und Stellung, um sich als Begleiter eines Fürsten auf dessen Güter zu begeben. Anfangs voller Einbildung hinsichtlich der ihn erwartenden glücklichen Stunden, waren ihm in Bälde auch dieses Verhältniss und dieser Aufenthalt geradezu unleidlich. Es treibt ihn seinem Schicksale unvermeidlich entgegen. Wie die Mücke am Abende so lange um die Kerzenflamme gezogen wird, bis sie versengt zu Boden sinkt, ebenso wird Werther unrettbar wieder in den Kreis gezogen, dessen Bann ihm den Untergang bringen muss! Er gelangt Anfangs August wieder zurück nach Wahlheim.

Doch er ist ein anderer geworden! Nur die Leidenschaft zu Lotten ist dieselbe geblieben, ja womöglich noch gesteigert worden. Alle anderen Gefühle, wie sie ihn früher beseligten und wenigstens momentan glücklich machen konnten, die Gefühle für die Schönheiten der Natur, die Reize der naiven Kinderwelt, der originalen, gemüthlich harmlosen Volksnatur, er empfindet sie nicht mehr; sie sind für immer verschwunden. „Ossian hat in seinem Herzen den Homer verdrängt.“

Seine Reizbarkeit ist auf's Höchste gestiegen. Die unbedeutendsten Dinge können ihn zur Verzweiflung bringen, ihm den Gedanken an Mord und Selbstmord eingeben. Vor allem macht sich mehr und mehr ein Gefühl der Erbitterung gegen Albert geltend, immer mehr sich verstärkend in endlosen Grübeleien darüber, dass Lotte durch ihn und mit ihm nicht glücklich sei. Und doch belehrte ihn jeder ruhige Augenblick, der ihm eine einigermassen objective Beurtheilung ermöglichte, vom Gegentheile.

Je mehr die Zeit herbstlich wurde, um so trüber, leerer wurde es in Werthers Innerm. Der innere Druck war fast nicht mehr zu ertragen und dieses Gefühl der Beklemmung unterliegt keinem Wechsel mehr; es ist permanent. Eine vollständige Stockung in seinem Seelenleben ist eingetreten. Sinne und Gehirn reagiren nicht mehr auf äussere Eindrücke und von innen kommt kein anderer Gedanke, keine andere Empfindung als die, die die alte Quelle seines Elends ist. Die ganze Nervenkraft wird in ihr erschöpft, so dass auch das innere Reizleben mehr und mehr unwirksam wird.

Nicht einmal mehr ein Thränenerguss erleichtert dem Armen die innere Qual. Durch übermässigen Weingenuss sucht er sich die erstarrten Lebensgeister neu zu beleben. Doch vergeblich; der künstlichen Erregung konnte nur tiefere Erschlaffung folgen. Ebenso wenig konnten ihm die Religion, wie die Worte des Freundes oder der Geliebten Tröster sein. Der schwer geängstigten Seele entwinden sich die verzweiflungsvollen Worte: „Mein Gott, mein Gott! warum hast du mich verlassen?" Er kennt keinen Ausweg mehr, keine Rettung als den Selbstmord. Die ganze Kraft seines Wesens war erschöpft, im vergeblichen Kampfe zerrüttet.

Das Drama ist auf die Spitze der Entwickelung gelangt. Sein Held ist ein unmächtiges Spielwerk ängstlicher

Empfindungen, leidenschaftlicher Gemüthsbewegungen oder ein willenloses Opfer höchster Ermattung geworden. In ihm selbst ist nicht mehr die hinlängliche Kraft vorhanden, den Knoten in irgend einer Weise zu lösen. Er bedarf eines äusseren Momentes, um die unerträgliche Last abzuwerfen, die ihm das Leben ist. Dieser Anstoss erfolgt in Gestalt einer unglückseligen Handlung in der Nachbarschaft, wo ein ihm bekannter Mensch aus Eifersucht einen andern erschlägt. Diese That erschüttert Werther so sehr, dass die gesunkenen Lebensgeister noch einmal auflodern und ihn zum Handeln bringen, um den unglückseligen Mörder zu retten. Sie lassen ihn aber auch auf einmal das Entsetzliche seiner eigenen Lage fühlen. Es ist ihm, als werde er von einem bösen Geiste umher getrieben. Ein inneres Toben droht seine Brust zu zerreissen, presst ihm den Hals zu. Als ihm Lotte wie Albert in der schonendsten Weise seine Entfernung aus ihrem Hause anriethen, erzeugte dies die letzte Aufregung, in der die Gedanken an Mord und Selbstmord in wildem Wirrsinn mit einander kämpften. Endlich gewann der Entschluss zum Selbstmord die Oberhand, der denn auch am 22. December, also nach einer zwanzigmonatlichen Dauer seiner unglücklichen Liebe zu Lotten, von der er am Tage zuvor in einer erschütternden Scene Abschied nahm, durch eine Kugel in den Kopf erfolgte.

Dies ist in grossen Zügen der Inhalt des Göthe'schen Romans. Ich habe vorzugsweise seinen Inhalt in pathologischer Richtung Ihnen vorgeführt. Durch die Ausführung dieser Absicht habe ich aus dem Romane die Lebensgeschichte eines geisteskranken Menschen, also im eigentlichen Sinne eine Krankengeschichte, zusammenstellen können, wie sie mir aus meiner Erfahrung in reichlicher Zahl zu Gebote stehen.

Es unterscheidet sich die Geschichte Werthers von den Geschichten anderer Kranken nur durch äussere Züge, wie sie die Verschiedenheit der Anlagen, der Lebensverhältnisse, des Bildungsganges und dergleichen bedingen. In ihrem Wesen, in ihrem inneren Gehalte sind sie sich durchaus gleich. Werther ist, wie so viele Hunderte anderer Naturen, die dem gleichen Untergange anheimfielen, von ursprünglicher Anlage an ein pathologisches Individuum, dessen wesentlichste Eigenschaft der Charakter der geistigen Schwäche ist. Absoluter Mangel an Selbstbeherrschung, schrankenloses Walten subjectiver Gefühlszustände, völlig fehlende Resistenzfähigkeit gegen alle das krankhaft reizbare Selbstbewusstsein berührenden Vorgänge kennzeichnen diesen Schwächezustand. Das Vorhandensein einer hochgradigen Intelligenz, bedeutender intellectueller Anlagen und Bildung widerspricht dem keineswegs. Dadurch nun, dass eine so durch und durch pathologische Persönlichkeit nicht nur der Held des Romans ist, sondern überhaupt ohne weiteren Hintergrund dessen Lebensepisode den ausschliesslichen Inhalt des Romans bildet, dadurch erhält auch dieser Roman, wie die übrigen Geistesproducte seiner Zeit in Deutschland den Stempel, den Charakter des Pathologischen in hohem Maasse. Es ist gewiss von höchstem Interesse, was Göthe selbst in dieser Beziehung über seinen Roman sagt.

Der Inhalt des Romans, sagt Göthe, lag gleichsam in der Luft. Er wie die übrigen deutschen Jünglinge litten an einer epidemischen Melancholie, die naturgemäss zu vielerlei Nachdenken und Gesprächen über den Selbstmord führte. Die Ursache dieser Art von Geistesverfassung fand er in der Beschäftigung mit der englischen Poesie, unter deren Vertretern Young, Shakespeare, Ossian vor allem diese Selbstquälerei erzeugten und nährten.

Dieses Studium in Verbindung mit dem an sich bestehenden leidenschaftlichen, unbefriedigten Charakter der deutschen Jugend, den entsetzlich trostlosen politischen und socialen Verhältnissen ihres Vaterlandes, ohne alle Aussicht auf Besserung dieser Zustände mussten Stimmungen und  Gesinnungen erzeugen, wie sie Werther eigen waren. Die zu dieser Zeit eintretende Katastrophe in Form des Selbstmords des jungen Jerusalems, der als Sohn eines weit bekannten und berühmten Mannes die allgemeine Theilnahme hervorrief, gab dann den die Seele des Dichters beherrschenden Vorstellungen einen bestimmten Gehalt, einen festen Rahmen, deren Ausdruck unser Werther wurde.

Jedoch dass das Buch das wurde, was es geworden ist, dürften die bisher angegebenen, allgemeineren psychologischen Momente kaum genügen. Um dieses zu ermöglichen, gehörten noch specielle individuelle gemüthliche Erfahrungen des Dichters dazu. In der That war nun auch im Dichter selbst genügend Stoff aufgehäuft, um mit voller Gluth der Leidenschaft seinen Gegenstand umfassen und darstellen zu können. Eine Reihe höchst unangenehmer Erfahrungen, ja selbst peinlicher Ereignisse, die ihn, von seiner Abreise von Strassburg an bis zu seiner Heimkehr nach Frankfurt von Wetzlar aus, persönlich tief betrafen, wie die Trennung von Friederiken, seine aussichtslose Liebe zu Lotten, das unbefriedigende Verhältniss seiner Freundin Maximiliane von La Roche und anderes mehr, hatten eine hochgradige Spannung und Unruhe in seinem Gemüthe erzeugt, einen Grad von Unzufriedenheit mit sich selbst und seinen Verhältnissen, die seit längerer Zeit schon nach Lösung und Erleichterung drängten. Auf diese Weise erscheint nun das Buch nach des Dichters eigenem Ausdrucke „als eine Handlung, durch die er sich aus einem

stürmischen Elemente errettete, in das er durch eigene und
fremde Schuld, durch zufällige und gewählte Lebensweise,
durch Vorhaben und Uebereilung, durch Hartnäckigkeit und
Nachgeben auf die gewaltsamste Art hin und her getrieben
worden war. Es erscheint als eine Art von Generalbeichte,
nach der der Mensch frei und froh wieder zu neuem Leben
berechtiget ist." Wie viel nun am Romane Dichtung, wie
viel daran Wahrheit ist, wie viel daran eigene, wie viel
fremde Erfahrung, darüber hat uns der Dichter im Unge-
wissen gelassen. Er hat absichtlich, nach seinen Worten,
seiner Production jene Gluth eingehaucht, welche keine
Unterscheidung zwischen dem Dichterischen und dem Wirklichen zulässt.

Wenn nun auch Göthe selbst klar in Wahrheit und
Dichtung die krankhaften Elemente seiner Dichtung hervor-
hebt, nöthigt uns doch unsere Behauptung, dass der Roman eigentlich eine Krankengeschichte, allerdings in unge-
wöhnlichem Gewande, sei, auf diese Seite des Romans noch
näher einzugehen. Dass im Inhalte des Romans nicht einfach eine Episode aus Göthe's Leben mit poetischer Freiheit
dargestellt ist, ergibt sich aus dem Umstande, dass Göthe
von frühester Jugend an gewohnt war, aus seinen gemüthlichen Verstimmungen sich rasch und energisch herauszuarbeiten, und deshalb ungestört dadurch seine herrliche
Dichterlaufbahn fortsetzte. Dies schliesst jedoch nicht aus,
dass der Dichter selbst periodisch an solchen Gemüthszu-
ständen litt, wie er sie im ersten Theile Werthers schildert.
Wir dürften dies als sicher annehmen, selbst wenn Göthe
es uns selbst nicht eingehend mitgetheilt hätte. Sind ja
solche abnorme Stimmungszustände, man darf wohl sagen,
die regelmässigen Begleiter geistig und gemüthlich reich
begabter Naturen in den Jünglingsjahren. Waren doch zu

jener Zeit diese Verstimmungen und subjectiven Erregungs-
zustände ein Gemeingut der gebildetēn Classen überhaupt.
Doch dass der Dichter nur insofern daran litt, als er eben
wie jeder andere auch ein Kind seiner Zeit war, dass er
aber ausserdem eine geistig durch und durch kräftig und
gesund angelegte Natur war, beweist, dass er immer Herr
seiner Stimmungen blieb und zur rechten Zeit sich ihrer
entledigen konnte. Dies eben ist das Zeichen der geistigen
Kraft und Gesundheit. Die schwächlich angelegte psychi-
sche Constitution ist dies zu thun nicht im Stande, sie
bleibt ein Spielball dieser subjectiven Gemüthsvorgänge und
je nach dem Grade der vorhandenen Resistenzfähigkeit wird
sie früher oder später unterliegen müssen. Werther kann
also nicht einmal Göthe in der Einschränkung sein, dass
er, wie Einige meinen, sich selbst im ersten Theile des Romans geschildert habe. Werther und Göthe theilen mit
einander wohl nichts anderes als den offenen hingebenden
Sinn für die Natur, für die naive Poesie, das sinnliche Element, also Eigenschaften, an denen wohl noch viele Andere
Theil genommen haben werden. Sie theilen mit einander
in ihren äusseren Schicksalen eine durch eigene Schuld auf-
gegebene Liebe und eine bald wieder neu angefangene, sodann eine gewisse Uebereinstimmung in Zeit und Ort.

Allem nach noch viel weniger als Göthe liegt der
wirkliche Jerusalem dem Romane als Held zu Grund. Es
hat dieser Letztere mit Werther wohl nichts anderes ge-
meinsam als nach inneren Eigenschaften, dass er ein freund-
licher Mensch und ein Freund der Kinder war; nach den
äusseren Lebensschicksalen eine unglückselige Liebe, einen
unangenehmen Auftritt mit einer adeligen Gesellschaft, endlich die Art und Weise seines Abscheidens aus dem Leben.
Die letztere wurde bekanntlich auf Grundlage brieflicher

Mittheilungen Kestners an Göthe von letzterm ganz auf
Werther übertragen. Ihrem psychischen Naturell und ihrem
geistigen Gehalte nach dürften beide nur im allgemeinsten
Sinne Uebereinstimmendes gehabt haben, welche gemein-
samen Eigenschaften ja die jungen Leute der Zeit überhaupt
theilten. Es geht dies ebenso wohl aus den Schilderungen
Göthe's hervor, die über Jerusalem vorhanden sind, als aus
denen anderer Zeitgenossen. Dass auch die Liebesangelegen-
heit des wirklichen Jerusalems sehr viel von dem poetischen
Verhältnisse Werthers zu Lotten abwich, ist bekannt genug.
Also nur in diesem sehr beschränkten Verhältnisse ist es
zuzugeben, dass Jerusalem der Held des zweiten Theils des
Werthers war. In Wirklichkeit ist Werther vor
allem das poetische Abbild der kranken Jugend
jener Zeit, wie es sich in der Seele unseres Dichters gestaltete.

Die grösste historische Treue scheint im Romane hinsichtlich der Angehörigen der Familie Buff und Kestners
gewahrt worden zu sein, wenn auch Kestner sowohl hinsichtlich seiner wie seiner Frau gegen manche ihnen ange-
dichteten Züge protestiren zu müssen glaubte. Sie erscheinen
wenigstens in ihrem Briefwechsel mit Göthe und nach anderen Nachrichten durchaus als die edlen, feinen, zarten,
dabei wahren und klaren, durch und durch verständigen
Charaktere, als welche sie auch vom Dichter selbst dargestellt worden sind. Allein im Verhältnisse Lottens zu Werther erlaubte sich der Dichter poetische Zugaben, die theils
nöthig waren, um die gehörige Spannung und Steigerung
in der Entwickelung des Romans hervorzubringen, theils
vom Dichter durch das Moment persönlichen Interesses zu
seinen Gunsten auf Kosten der historischen Wahrheit be-
nützt wurden. Ich glaube, dass der Dichter mit einer

gewissen Absichtlichkeit ein näheres, innigeres Verhältniss Lottens zu Werther, wenigstens hervortretend zu Zeiten leidenschaftlicher gegenseitiger Erregung, dargestellt hat, als je in Wirklichkeit zwischen ihm und Lotten stattgefunden hat. Diese Absichtlichkeit hatte den Zweck, gewissermaassen seinen Rückzug zu maskiren.

Es war doch der wirkliche Göthe im höchsten Grade verstimmt, gereizt, geradezu manchmal unglücklich darüber, dass all' seine Bemühungen, Lottens Liebe zu gewinnen, vergebens verschwendet waren. Wenn auch Göthe im Ernste nicht an ein bleibendes Verhältniss mit Lotten gedacht hatte, so waren doch einmal der Reiz, im Ringen um Lotten über Kestner den Sieg davonzutragen, sodann das im Dichter hochgradig wirksame sinnliche Element Antriebe genug, um eine Natur, wie die Göthe's war, ernsthaft nach dem Preise der Liebe streben zu lassen. Um dieses verständlich zu machen, sei es gestattet, die geistige Constitution der Menschen jener Zeit eingehender zu betrachten. Solche Naturen, wie sie der junge Göthe war, wie sie in der Dichtung dem Werther verliehen wurde, wie sie wohl die überragende Zahl der jungen Männer jener Zeit darbot, bedürfen des beständigen Wechsels, der Veränderung. In ihrem Innern herrscht eine beständige Unruhe vor, die Folge der nervösen und gemüthlichen Ueberreizung. Diese Unruhe treibt nach Befriedigung, nach einer Art von Entlastung oder wenigstens nach steter neuer Nahrung. Daher der instinctive Drang nach immer neuen erregenden Einflüssen. Die herrschende Empfindsamkeit, Schwärmerei, der Gefühlsdusel geben auf die Dauer nicht die nöthige Befriedigung; sie werden durch ihr beständiges Vorherrschen als Reize abgenützt, als Empfindungen abgestumpft. Es macht sich nun bei fast all' diesen Naturen ein neuer Factor geltend und dies ist das fast regelmässig bei ihnen in hohem Grade entwickelte sinnliche Element, das nun als mächtigste Grundlage der seelischen Erscheinungen im Jünglingsalter unmittelbar zur erleichternden Befriedigung in der Form des sinnlichen Genusses drängt.

Wir können den Einfluss der geschilderten psychischen Anlagen auch noch eingreifend auf die Gestaltung anderer psychischer Factoren verfolgen. Durch die immerwährenden intensiven Erregungen der Selbstempfindung entsteht eine krankhafte Ueberreizung, eine höchst potenzirte Reizbarkeit derselben, die als Egoismus zu Tage tritt. Durch seine fortwährende neue Belebung gewinnt derselbe mit der Zeit eine Stärke, dass solche Naturen ihr Ich in der brutalsten und rücksichtslosesten Weise zur Geltung bringen, indem sie dasselbe zum ausschliesslichen Mittelpunkt ihres Denkens und Strebens machen. Diese volle Gewalt rücksichtslosen Egoismus liegt nun auch ihren sinnlichen Strebungen zu Grunde. Eine weitere Folge dieser geistigen Anlage ist, dass sie die damit behafteten Menschen launisch, schwankend, unsicher, unfähig der Selbstbeherrschung, in gewissem Sinne charakterlos macht. Sie verhindert das Fixiren bestimmter Vorstellungsgruppen, wie sie das Verhältniss des Ichs zur Aussenwelt im normal psychisch organisirten Menschen allmälig entstehen lässt und schliesslich sich assimilirt. Es sind dies jene allgemeinen Ideen, die sich im Verlaufe der culturhistorischen Entwickelung der Menschen und Völker als religiöse, moralische oder philosophische Systeme geltend machten, deren Einfluss auf das Denken und Handeln den Völkern wie den einzelnen Individuen einen bestimmten Charakter verleiht. Nicht solche Grundsätze sind die psychologischen Grundlagen solcher Menschen, sondern allein die Regungen subjectiver Empfindlich-

keit, der Laune. Dabei ist die Art ihres Empfindens nur
oberflächlich. Sie fangen rasch Feuer, sind auch heftiger,
hochgradiger, leidenschaftlicher Empfindungen und Strebungen fähig, jedoch nur dann, wenn Zwecke des eigenen Ichs,
das Streben nach Sinnlichkeit die zu Grunde liegenden
Reize sind. Es mangelt ihnen aber die Tiefe und Nach-
haltigkeit der Empfindung, welcher Mangel sie für alle
höheren Aufgaben des menschlichen Lebens, die ein sich
Selbstvergessen, eine Aufopferung individuellen Behagens
zu Gunsten allgemeiner Interessen erfordert, untauglich
macht. Sie betheiligen sich überhaupt nicht an gemein-
samen Bestrebungen, sie haben vielmehr den Trieb der persönlichen Absonderung und Isolirung. Sie haben keine
Sympathien für die einzelnen Menschen, wenn sie nicht
ihnen gleich psychisch beanlagt sind. Sie haben keine
Stammessympathien. Statt dessen affectiren sie eine Sym-
pathie für die ganze Menschheit, deren Ausdruck ein un-
klares, verschwommenes, phantastisches Weltbürgerthum
ist. In religiöser Beziehung huldigen sie, wenn sie begabtere
Individuen sind, dem Naturalismus; schwächere Individuen
und insbesondere weibliche verfallen in einen schwärmeri-
schen Mysticismus, dessen Hauptziel die Selbstvergötterung,
raffinirte Sinnlichkeit unter der Firma der geistigen Liebe
ist, mit den practischen Bestrebungen und dem wahren
Geiste des Christenthums aber nichts zu schaffen hat. So
werden diese Menschen mehr und mehr der Welt des Realen
und Practischen entfremdet und schrittweise bemächtigt
sich ihrer eine geistige Energie- und Willenlosigkeit, die
sie überhaupt zu keinem eigentlichen Handeln, mit dem
Endziel der Lösung schwieriger Aufgaben, mehr kommen
lässt. Ihr ganzes Thun und Treiben verliert sich in eine
Art ruheloser Geschäftigkeit, die mehr den Charakter der

Spielerei als den des ernsten männlichen Strebens hat. Allein äusserliche gewandte Manieren, der Trieb, auf das Aeussere im ganzen vieles zu verwenden, was diesen Individuen eigen ist, sind im Stande, wenigstens den Uneingeweihten die trostlose Leere des innern Menschen zu verhüllen. In diesem letzten Stadium greifen sie vielfach zum Selbstmord, meist zur Zeit leidenschaftlicher Erregungen, die durch zufällige äussere Momente herbeigeführt ihnen die für gewöhnlich mangelnde Kraft zur Ausführung geben.

Natürlich gibt es je nach den ursprünglichen geistigen Anlagen, je nach den äussern Verhältnissen, in denen diese Individuen sich entwickeln, zahlreiche Modificationen dieser psychopathischen Constitution. Es ist nicht möglich, dieselben hier einzeln zu verfolgen; ich füge nur noch bei, dass diese Art von gemüthlicher Stimmung und geistiger Richtung in immer weitere Kreise des deutschen Volkes eindrang und an Stelle der vorangegangenen Geistesstumpfheit und Theilnahmslosigkeit herrschend wurde. Das deutsche Volk wurde das Volk der Denker, wie es seine Nachbarn spottweise nannten. Ohne Sinn für Practisches, für nationale Aufgaben, für nationale Ehre strebte es nach Utopien, in unendliche und höchste Fernen, ohne die traurige Wirklichkeit auch nur zu ahnen.

Göthe war durch und durch ein Kind seiner Zeit und blieb es sein langes Leben hindurch. Wenn auch sein kräftiges, geistiges Naturell ihn davor bewahrte, in die traurigen Consequenzen seiner Anlage zu verfallen, wie es schwächern Naturen geschah, so sind alle die angeführten Züge doch bei ihm stets erkennbar. Er war sich auch seiner Schwäche wohl bewusst; konnte und wollte aber nicht anders sein. Es ist die Kenntniss dieses Verhältnisses nöthig zum Verständniss der psychischen Individualität wie der Werke

Göthe's, die ja wie kaum bei einem anderen Dichter so sehr
der Ausfluss subjectiver Erfahrungen sind. —

Ich habe bereits früher mit Stellen aus Wahrheit und
Dichtung bewiesen, dass sich Göthe hinsichtlich der pathologischen Natur seines Romans wie der Stimmung seiner
Zeit klar war. Doch war dieses Bewusstsein bei ihm nur
ein allgemeines. Wenigstens die volle psychopathische
Tragweite des Werther'schen Naturells scheint er nicht
gekannt zu haben.

Ich glaube, dass er gerade wegen dieser Nichtkenntniss
im Romane noch zwei weitere psychopathische Persönlich-
keiten anbrachte. Er that dies gewiss nur, um beim Ver-
gleiche mit ihnen seinen Helden in ein anderes, nach seiner
Meinung günstigeres Licht zu setzen. Es ist dies einmal der
junge Bauernbursche aus Wahlheim, der schliesslich aus
Eifersucht den Liebhaber seiner früheren Herrin erschlug,
sodann der unglückliche Schreiber, der aus hoffnungsloser
Liebe zu Lotten, bei deren Vater er früher angestellt war,
verrückt geworden sein soll. Doch in wie verschiedenartigen Verhältnissen sich diese drei Individuen auch bewegten,
welche verschiedenartigen Erscheinungen ihres geistigen
Naturells sie auch dargeboten haben mögen, in psychopathi-
schem Sinne besteht zwischen allen dreien kein wesentlicher
Unterschied.

Werther wurde in Folge seiner auf's höchste krankhaft gesteigerten Empfindungen ein Mörder, wie aus glei-
chem Grunde der Bauernbursche es wurde. Dass Werther
sich selbst zum Opfer seines mörderischen Angriffs wählte,
der Bauernbursche einen Anderen erschlug, ist nicht im
Stande, zwischen beiden einen wesentlichen Unterschied auf-
zustellen. In psychopathischer Beziehung sind durchaus
beide Handlungen gleichwerthig. Ich bin überzeugt, dass

es nur eine Frage der Zeit, d. h. der allmälig, aber sicher fortschreitenden Culturentwickelung der Menschheit ist, dass beide Handlungen auch in der allgemeinen Anschauung die gleiche Würdigung und Behandlung erfahren. Ich will nicht sagen, dass es immer von einem Zufalle abhängt, ob sich die mörderische Hand gegen die eigene oder gegen eine fremde Person lenkt in Zuständen krankhafter Gemüthserregung. Aber dies behaupte ich, dass es in beiden Fällen die gleichen pathologischen Momente sind, die die Hand nach diesem oder jenem Ziele lenken. Wie sehr auch der Dichter diese Wahrheit ahnte, zeigt hinlänglich der wiederholte Kampf, den er seinen Helden in Gedanken: „ob Mord, ob Selbstmord“ durchkämpfen liess.

Nicht anders verhält es sich mit der anderen Persönlichkeit, mit dem verrückten Schreiber. Auch der ist seiner psychischen Erscheinung nach nicht ein wesentlich, sondern nur ein graduell von Werther verschiedener Mensch. Hätte Letzterer nicht frühzeitig sein Dasein geendet, so lagen in seiner durch und durch psychopathischen Natur alle Bedingungen, um allmälig in den gleichen Zustand zu kommen, in dem der Schreiber war. Die Anfälle, bis dahin nur periodischer und vorübergehender Sinnesverwirrung und geistiger Zerrüttung, wären immer häufiger, immer anhaltender geworden, um schliesslich nach Erzeugung von Wahnvorstellungen und Sinnesdelirien in den Zustand bleibender Verrücktheit überzugehen. Eine geistige Genesung Werthers scheint mir bei seinem Naturell, auch wenn er gewaltsam von Wahlheim entfernt worden wäre, eine Unmöglichkeit. Er gehörte zu jenen psychischen Naturen, die den Keim sicheren psychischen Ruins in sich tragen. Auch wenn sein so oft ausgesprochener und erflehter Wunsch, in den Besitz Lottens zu gelangen, in Erfüllung gegangen wäre, hätte dies seinem Geschicke keine andere Wendung gegeben. Früh genug hätte das erreichte Ziel sein Inneres nicht mehr befriedigt, hätte sein unruhiges Herz ihn wieder nach einem anderen Gegenstande jagen lassen. Werther musste untergehen und zwar untergehen in Folge seines zur Selbstvernichtung drängenden Wesens. Jeder andere Ausgang des Romans wäre unwahr, ja unnatürlich gewesen. Es war daher auch der Versuch Nikolai's, die Leiden des jungen Werthers in Freuden desselben umzuwandeln, ebenso trivial als seinem inneren Wesen nach falsch gewesen. Der Roman in all' seinen Theilen ist die strenge und wahre Consequenz des pathologischen Charakters seines Helden.

Ich erlaube mir, noch einige andere Seiten des Romans in Kürze zu berühren.

Die Wirkung, die der Roman zur Zeit seines Bekanntwerdens und noch manches Jahr nachher in Deutschland hervorrief, war eine ganz ausserordentliche. Doch die Art, wie diese Wirkung sich daselbst geltend machte, beweist völlig die krankhafte Richtung und den krankhaften Gehalt der Menschen jener Zeit. Jedoch nicht nur auf Deutschland erstreckte sich diese Wirkung, sondern selbst auf die ganze damalige gebildete Welt. Es gibt selbst Anhaltspunkte dafür, dass selbst im fernen Reiche der Mitte der Inhalt des Romans dessen Bewohnern nicht unbekannt war. Es gibt Schriftsteller, die behaupten, dass noch kein Buch eine so allgemeine und eine so tiefe Wirkung hervorbrachte als wie „Werthers Leiden." Andere stellen den Roman Rousseau's „neuer Heloise" in diesen Beziehungen an die Seite. Es würde dies natürlich an sich schon der Wirkung des Werthers eine viel höhere Bedeutung verleihen, als ja derselbe von einem Deutschen und in deutscher Sprache gedichtet war, und damals Deutschland in litterarischer und zwar vorzugsweise in poetischer Beziehung bei den übrigen Völkern fast ganz unbekannt war. Der Werther wurde nicht nur in alle Sprachen übertragen, sondern hundertfach in lyrischer, dramatischer und erzählender Form bearbeitet. Aber nicht nur in die gebildeten Kreise der damaligen Welt drang er, sondern auch in die übrigen Schichten des Volkes. Bänkelsänger und Leierkastenmänner und ähnliche wandernde Beförderer der Litteratur sorgten dafür, ihn auch in die niedrigsten Schichten des Volkes einzuführen. Eine ganze Bibliothek von Büchern wurde verfasst, um für oder gegen den Inhalt des Romans in seinen verschiedenen Lebensbeziehungen aufzutreten. Nicht nur Dichter und Schriftsteller, auch Theologen, Philosophen und Staatsmänner fanden es angezeigt, ihr Urtheil über den Roman abzugeben. Es ist gewiss nicht der geringste Beweis für seine Bedeutung, wenn ich anführe, dass selbst Napoleon in seinen Jugendjahren ihn unter seine Lieblingsbücher rechnete und noch in seinen späteren Jahren, ja selbst auf der Höhe seiner gigantischen Laufbahn sich des Romans mit Interesse erinnerte. Natürlich seine mächtigste Wirkung entfaltete er in Deutschland selbst. Deutschlands Jugend und Deutschlands Alter beider Geschlechter schwärmten für ihn. Dass diese Schwärmerei bei der herrschenden Gemüthsüberschwänglichkeit der deutschen Jugend in die sonderbarsten, für die Gegenwart unbegreiflichen Tollheiten ausartete, braucht kaum hervorgehoben zu werden. Jeder fand, wenn nicht den ganzen, so doch ein Stück Werther in sich. Jeder fand mehr oder weniger sein Schicksal mit jenem Werthers verwandt. Wem dies alles abging, der suchte sich im Aeussern und Innern so zu gestalten, ihm wenigstens möglichst ähnlich zu werden. Diese Bestrebungen gingen so weit, dass sich eine Menge junger Leute ebenfalls eine Kugel in den Kopf schossen. Es wurde der Werther in Wahrheit für den Normaltypus eines jungen Mannes gehalten, den jeder, wenn er ihn nicht erreicht hatte, zu erreichen die Pflicht hätte. Dass nicht Werther an sich die Schuld an dem mancherlei Unheil trägt, das er anstiftete, sondern dass vielmehr in ihm eine mächtige Quelle der Belehrung und Selbsterkenntniss und dadurch der persönlichen Regeneration für seine Zeitgenossen gelegen wäre, ist dadurch hinlänglich begründet, dass Göthe seinen Helden durch eigenes Verschulden untergehen lässt. Es war dies meiner Ansicht nach eine viel drastischere Mahnung, als wenn er nach der Meinung Lessings dem Romane noch eine Moralpredigt angefügt hätte.

Was nun schliesslich die ästhetische Bedeutung des Romans betrifft, so halte ich denselben mit vielen Anderen ebenfalls für ein Kunstwerk, das sich dem höchsten, was die Litteratur der verschiedenen Zeiten und Völker leistete, an die Seite stellen darf. Die pathologische Natur des Romans und seines Helden kann diesem Urtheil keinen Eintrag thun. Beide liegen im Wesen ihrer Zeit. Selbst wenn dieses Argument nicht anerkannt würde, so hatte Göthe an dem rasenden Ajax von Sophocles, am Hamlet und König Lear des Shakespeare, um nur einige unter vielen zu nennen, Vorgänger und Muster der allerhöchsten Bedeutung in künstlerischer Beziehung, deren Helden ebenfalls durch und durch pathologische Naturen waren. Und dass gerade Hamlet nicht ohne Einfluss auf die Seelenstimmung Göthe's und deren Ausfluss, seinen Werther, war, ist bekannt.

Ich möchte wohl als triftigsten Beweis für den Werth Werthers in dieser Beziehung bemerken, dass der alte Göthe selbst mit Stolz und einer Art Bewunderung gerade auf dieses sein Werk zurückblickte. Und mit Recht! Mehr als hundert Jahre sind verschwunden seit dem Erscheinen des Romans. Ohne dass wir in die Verzückung gerathen wie seine Zeitgenossen, erfreuen wir uns dennoch mit einem Hochgenusse an diesem Gemälde voll tiefster und höchster leidenschaftlicher Kraft, die trotz alledem reine Natur ist. Wie der Jüngling, der gereifte Mann und der Greis ihre geistige Befriedigung im Romane finden, so werden wie die früheren und gegenwärtigen auch die kommenden Geschlechter sich an ihm erfrischen und erheben können! Wenn Wahrheit und Natur Haupterfordernisse eines poetischen Kunstwerks sind, so ist Werther sicher eines der höchsten. Mit der gleichen ergreifenden Wahrheit sind die Erscheinungen des Gemüths- wie des Naturlebens geschildert und trotz allem Feuer der Leidenschaft dabei doch kein Uebermaass, keine Uebertreibung. Was uns jetzt als solche vorkommt, war eben damals Natur.

Nicht weniger verdient die Art und Form der Darstellung unsere Bewunderung.

Was nun zunächst die Briefform des Romans betrifft, so denkt man bei der sonst auch bestehenden Verwandtschaft beider Romane in mancherlei Beziehungen zunächst an Rousseau's „Julie ou la nouvelle Héloise." Man könnte die Form, in der der Werther gedichtet wurde, als einfach dem Rousseau entlehnt annehmen, wenn nicht Göthe selbst in Wahrheit und Dichtung darüber andern Aufschluss gäbe. Darnach entstand die Briefform aus einer Eigenheit des Dichters, in der Einsamkeit seine Gedanken in Form des Dialogs zu verarbeiten, wobei er sich meist entfernt wohnende Menschen, die er nur selten sah, zu seiner imaginären Gesellschaft wählte. Die Letztere liess er entweder durch kurze gelegentliche Bemerkungen oder durch mimische

Andeutungen antworten, während er selbst seine Gedanken und Ansichten eingehend entwickelte. Es ist klar, wie nahe diese Art dialogischer Reflexion dem Erzählen in Briefform liegt und bei der Absicht, sie weiteren Kreisen mitzutheilen, geradezu zu ihr führen musste.

In der Schilderung der Naturscenen und derer des Menschenlebens leisten beide Romane das höchste. Dagegen, wenn man den Aufbau und die Entwickelung der beiden Romane in Vergleichung zieht, so ist der Göthe'sche Roman unvergleichlich als Kunstwerk höher stehend. Ja man darf unbedingt sagen, gerade in dieser Richtung ist der Göthe'sche Roman unerreicht!

Es liegt dies wohl darin, dass Rousseau in seinem Buche und mit demselben bestimmte Zwecke verfolgte, lehrend einwirken wollte, nach eigener Aussage seine philosophischen Anschauungen in unmittelbare Anwendung brachte.

Ganz anders bei Göthe, dem ebenso sehr wie bei seinen übrigen Dichtungen, so auch beim Werther, jeder Gedanke an's Moralisiren und Philosophiren durchaus ferne lag. Er wollte einmal nur durch die möglichst reine künstlerische Darstellung der Natur wirken. Alles übrige blieb ihm Nebensache. Die Poesie ist ihm immer Selbstzweck. In diesen Verhältnissen liegt der Grund, dass die Art der Wirkung beider Romane eine ganz verschiedene sein musste. Rousseau trat in bestimmter Absicht als Reformer, als Apostel eines neuen, socialen und politischen Evangeliums auf. Die Verbreitung seiner Ideen war ihm die Hauptsache, mit denen er denn auch einen gewaltigen Einfluss auf den Ideeninhalt seiner Zeitgenossen ausübte. Ja selbst auf die Entwickelung der geschichtlichen Ereignisse seines Jahrhunderts ist sein Einfluss ein ganz bedeutender, da im Inhalte seiner Romane ein reiches Material zu gewaltigen